SYLVIO
FRAGA
NETO

Bem-Te-Vi

SYLVIO FRAGA NETO

ENTRE ÁRVORES

coleção canto do bem-te-vi

índice

Poema primeiro 11
Impressão expressionista 12
Castagneto 13
Poema como paisagem 15
A rachadura 16
Luando 18
Quaresmeira I 19
Quaresmeira II 20
Afinidade primeira 21
Copacabana 22
Purgatório 23
Gatos de rua 24
Café da Manhã 25
Da varanda 26
Epifania do chão 27
Jabuticaba 28
Não era um incêndio no Jerry's Café 30
A menina ruiva na porta da Saks 31
Tribeca blues 32
Imitação de tudo 33
Mulher no chão 34
Jabuticabeira 35
Ateliê 37
Pedra da Gávea 38
Sapato de poeta 39
Página 40
Nela 41
Poem 43
Dentro 44
Retrato falado 45
Monastério 46

Sabiá para Sappho 47
Cão 49
Cavalo 50
Paisagem com gato e lebre 52
Paisagem de um poleiro 53
Escorço do que é redondo 55
Renascimento 56
Peaches 57
Esquilos e cambaxirras 58

PÓS-APRESENTAÇÃO 12
AGRADECIMENTOS 12

Para Mariana, minha irmã

Poema primeiro

Para José Luiz Osorio de Almeida
[*in memoriam*]

Sobrou uma cinza de cigarro
da festa da família fraga.

Aparentemente não ventou

e as conversas permanecem silenciosas
ecoando nos dias em que vago pela casa.

Às vezes sinto severiano soando
ou um jogo da máquina tricolor na TV.

Dias assim parecem que já passaram
enquanto ainda estão.

Impressão expressionista

A luz da manhã da noite virada
revela a costura da vista,

paisagem natureza-morta,
praia, morro, prédios, orla,

casa intocada de um corpo esfriando,
quarto de quem acabou a escola.

A luz da manhã da noite virada
veste o verniz da lua.

Castagneto

"Beauty is truth, truth beauty."
John Keats

I

É simples tarefa sua
seguir assombrando as casas,
carregado de horas e vozes,
tropeços da carroça
e parede inaugural.

Suas pedras e águas aguardam
o esquecimento filado.
Subimos suas velas como saias
respirando confusos
com velhas surpresas.

II

Parece que a arte é rude
feito você, que pinta
como quem bate
e que bate
com o que tiver à mão.

Rude e rápido,
em caixa de charuto
ou dando nó na corda suja
de um cais qualquer.

Amor existe
em gesto brusco.

III

O outro passou a infância
em briga de rua.
Adolescência secando sangue
da mãe, irmão e outros.
Foi aprendiz de médico
quando médico
era o nome da morte.

Logo foi sua vez:
Aqui jaz um homem
cujo nome foi escrito na água.

Que fosse na tinta, tanto faz,
a verdade não entende
nossa pressa.

Poema como paisagem

Tanto faz se tem ou não tem
figuras, vacas, prédios, pastos;

o poema como um pequeno
manual do abstrato.

Não há começo, não cresce,
não termina:

a imagem se desloca pelo corpo
como a galinha circula numa ruína,

como um cachorro diante
de outro cachorro morto.

A rachadura

I

A rachadura tem a forma de um raio,
mas não de raio impresso
no céu de gesso, reboco dos olhos;
é raio construído sem ser polido.

Não é raio-poema cabralino
que se espalha e é espesso ao mesmo tempo,
nuvem lenta de ferroada limpa;
é mais raio-tatu, que conforme cava, pisa.

II

Parece raio a rachadura que
parece rio visto de mapa, parece
rio visto de perto quando seca
(rachadura não irriga nem deságua);

é antes rio-feto em curso ainda,
sem data de chegada, rio de sêca
que seca mas guia, impresso nos olhos
como nos de quem vicia:

rachadura que racha no meio
de quem inicia.

III

A rachadura não é só fresta, fratura exposta;
há rachadura inerte, que não se vê

quando servem frango, farinha ou quando
o vento serve aos poucos a fome,

quando o sol e seus bocais de cigarras
ligam seus cabos.

Muitas vezes a rachadura
é o que resta.

Luando

A noite antecede a janela,
pássaros antecedem os olhos

de quem olha as copas;
tudo que é vivo se consola

no calado em que se reconhece—
de pouso em pouso

a noite aparece na janela
aceitando ser noturna, admitindo

ser adivinhada por alguém,
ser de alguma espécie.

Quaresmeira I

De pouca altura, não compete
pelo alto, caminha calmamente
até a raiz encontrar asfalto.

A rotina não muda se cortada
pelo cabo, rebrota com rigor
de semente, sem guardar mágoa.

Apesar do monastério, carola
que aparenta, seu nome postiço
pelos quarenta dias de cristo

não se sustenta: fitava trilhas
muito antes da primeira missa,
muito antes da tristeza.

Há pessoas que fixam à floração
sacrifício e jejum; eu vejo cio,
algum outro tipo de início

quando a Quaresmeira
arregala seus olhos roxos
no cemitério do hospício.

Quaresmeira II

Como adolescente que deseja
homem feito, ela antes invisível
surge com salto, saia e peito.

Apesar do impacto, roxo tão intenso
que desvia brancos em rosa, ela é muito
atenta à pose, como quem pousa;

só quando esquece de si, madura,
consegue se ver no espelho, inventado
aos próprios pés, roxo e vermelho.

Afinidade primeira

Som de riacho, regueiro escondido,
o corpo detectado pelo sopro,
pelo segredo de seu próprio ruído.

Copacabana

Para minha mãe

Praia pela manhã,
pelo dia chão de peroba.

De tarde o almoço, praia e banho;
no jantar juntavam-se todos.

Da cama, o dia era refeito
e ajustado; para o dia seguinte,

tudo que se pode fazer
com areia.

Purgatório

Tão devagar como se quatro mãos
na minha cabeça de poucos cabelos,

esculpindo ainda a obra que já fizera,
não por ser obra-prima, mas por ser dela,

eu, filho que joga poemas
e composições no lixo —

ela pede pra guardá-los e secretamente
os perdoa por mim.

Gatos de rua

Três camaradas, pelos lados
nas entre-horas.

As afinidades são nítidas e, no centro,
é nítido que passo despercebido.
Brincam, pulam, vadiam,
caçam besouros.

Estou numa entre-hora
satisfeito nessa fresta,
sinapse da história.

Café da Manhã

Um pio, cigarras começam
a roer o mormaço,

nenhum barulho
me situa no tempo, apenas

o silêncio das minhas mãos
no caos do tédio:

a xícara é um cabo de enxada,
mordo séculos de trigo.

Da varanda

O susto é cor de vinho
entre a chuva e o muro:
a voz virou folha,
vento e pio.

Não sei se cortaram os pulsos
ou se é coisa passageira,
ciclo de flor-quando-chove.

Epifania do chão

Chegou-me a idade da verdade da morte:
o chão me segue, conta passos da sorte.

Chegou-me a idade, o corte na vida,
a idade onde a morte faz parte, é antiga.

O chão que me segue, brota, chão abutre,
esse chão meio cão não é triste, nada pede,

apenas me exibe: vivo, me transforma
no corpo ossudo de mim mesmo.

Jabuticaba

Uva da minha terra, de casca firme, couro liso.
Roxo profundo, queria eu poder fermentar-te,
fazer-te nobre também.

Você é condenada à doçura, a jarras,
ao pote velho de outubros passados,
às mentes brandas, ao fácil agrado.

A uva-uva tem olho claro, transparente.
Criada em cachos não possui segredos,
não é indivíduo,

seu olho de manada não pensa
nem pisca, reage ao que passa
arisco como a poça espelhada;

suas máscaras em roxos variados
são anos e anos de África
desafricando-se em tons claros.

Nossa uva cresce só, sem muda,
brota do tronco musculoso
como se alguma coisa brotasse de osso.

Da flor até fruta, a centrífuga
separa polpa da casca em dois
sedimentos, proteger o macio

e doce interno, como uma veia
se existisse veia-esfera, aberta
somente a quem desejá-la.

Longe da uva-uva, a nossa
é ovo ao avesso, a casca dura
se afunda em semente.

Em febre de braço forte
cada galho alquimista desencava
suas quimeras de fibra e verniz.

Fruta madura, tarde madura,
maduras as nuvens—o risco:
as mais prontas caem com a chuva.

Nunca vivi de perto esse milagre
como faz qualquer sanhaço
imerso na folhagem, na conversa;

mas existe outro, que esses da casa
não conhecem: trazê-la intacta, a fruta,
para fora do seu cerco de copa,

onde o sol que nela nunca se pôs
agora brota, no fundo de um roxo
profundo, o rosto de quem olha tudo:

a fruta colhe o olho
como um lago fundo
colhe a lua.

Não era um incêndio no Jerry's Café

Apesar dessa dicção confusa,
esgrima entre causa e cópia,
era ela própria, bailadora andaluza,
embaixo dessa camisa
que quase sozinha pulsa.

Segunda-feira sem amores.
Na rua, coleiras e focinhos
se esticavam em encanto mútuo,
saudade de espécie, como se duas
épocas de quatro patas em clausura.

Mas ali, diante da turvo-ruiva
na soleira da porta, minha caneta
e caneca se esvaziaram enquanto,
lendo o menu de leggings e botas,
ela pedia "a bagel and a hot chocolate".

Saiu apressada como página virada
que fez pouco sentido.
O dia retoma com mudo cortejo
dobrado no bolso, outra moeda que jogo
no meu próprio chocalho de troco.

A menina ruiva na porta da Saks

Giro na porta que gira
tal qual o camundongo alegre
correndo nos campos da juventude
que não teve, insistindo em alguma coisa
que lhe ferve, anterior a ele.

Mas tudo que adeja aos poucos afunda,
o cabelo é tão vermelho que azulece.

Tribeca blues

O triângulo abaixo da Canal
é um conceito árido como *Nolita*,
norte da pequena Itália,
impossível não ficar triste

aqui no Soho, sul da Houston,
que não se pronuncia *u*, mas *au*,
onomatopéia que abrevia *ouch*—
mas nosso *ai* não abrevia nada,

onomatopéia pura como deve ser
descrever coisas como a dor,
dizer dor no coração, um vozear tão puro
quanto o gesto de por a mão no peito.

Cool o silêncio da Wooster, uma boate
ao meio-dia, silêncio inchado,
mudez covarde de quem sabe que sabe
mas fica quieto, de quem sabe que a primavera

chegou antes na Spring e finalmente a Greene
ficou verde, ou ia pegar a linha vermelha até a ponte
mas hoje a Prince é uma princesa,
a brisa na sombra uma correnteza

que se revela em ondas, sol em tocaia
que abre em feridas e permite o dia;
sol líquido seria o sangue das árvores
como na primavera

as pessoas circulando, uma lupa
dentro delas.

Imitação de tudo

A lentidão das nuvens,
a velocidade dos prédios —

eu deitado e você o céu,
a velocidade dos seus cabelos,
cada gesto demorado;

isso na Mott com Prince
pensando que o mundo
coubesse todo num dístico,

eu o verso de baixo
você o verso de cima.

Mulher no chão

O braço diminui seus círculos
como um roda-pião morrendo,

mão e copo descansam
sobre a perna, um olho fecha

como o trem que chega
e descarrega.

De resto nada sossega,
nem agora, nessa casa,

a chuva de um copo
cheio de moeda.

Jabuticabeira

Enquanto a parreira migra e se espalha,
essa não foi traduzida.

Enraizada entre Minas e a Serra,
preserva o comedido de sua natureza,

o crescer lento, o passo minucioso à beira
das estradas, junto ao povo nos domingos,

nos quintais, reminiscências
à exaustão da imagem caseira.

De mão estendida a netos e bisnetos
e aos netos deles, coisa de família

brasileira, ela estende novas folhas
como quem cose e balança leve na cadeira.

Jamais exclusiva, ela é generosa a qualquer
cidadão que passa, e sem ser puta;

mulher de interior, não é promíscua,
mas quando dá, dá muito —

e todos que dela tomam se unem
como um só homem sob sua copa:

mão de adulto vira mão de criança,
mão de criança vira passarinho.

Depois ela se despe e fica mais pelada
do que antes quando nua—entra no banho

da estação de chuva e se ama o ano todo.
Eu, onze meses no olho da fechadura.

Ateliê

Para Thania e Cláudio Valério

Foram muitas lições entre desenhistas
e pintores, sendo eu poeta:

por exemplo o escorço, que é quando
queda aberto o verso que não abre;

o esfregaço, criando com palavras
a lua exata de significado.

Pincel seco diz mais por ser rasto,
empaste fala mais que seu excesso:

fugir da falsa pasta, que acoberta,
do vazio sem tato, coisa gasta.

Transparência do suporte é a palavra
suprimida: sustentado por colunas vazias,

o poema respira.

Composição é a lição mais abstrata,
desaba se não for exata.

Pedra da Gávea

Para meu pai

Pendurado na pedra, apoiado
no chão, o ar pouco se importa.

A velatura do mundo se desfaz
mesmo à tarde, hesitando planos
e cortes de vento-chuva.

Sobra em sal o vazio, ondas
rudes, geladas, o estrondo
mudo, abafado.

A garoa deita a grama alta e farta
de cobras, sapos,
grilos.

Sapato de poeta

Vento e cavalos dormem em pé.

Página

Volto quando não souber se você
é o branco dos meus olhos ou não.

Nela

Imagina o dilema
                                        o corpo

tentando manter impacto

ficar perto ao mesmo tempo

área, perímetro — árido, íntimo

pedras faladas em pétalas

pétalas lavradas em pedras

o torso, duas sombras, uma vela

                                        o poeta dela

um esforço, uma queda

dois escombros

                                        e a sentinela

uma chuva que desce

uma lua que sobe

uma aranha que tece

o nada mais que se move

Poem

O avesso da sua roupa
é a roupa

de você pelada;

até deita como você,
espalhada mais

que deitada.

Dentro

Conciso como tudo
que no pote raso a flor inventa.
A questão aqui é seu sorriso.

Flores têm raízes rasas,
se feitas para a mão puxá-las
nenhum destino melhor

esquecida na mesa,
natureza-morta;

esquecida na cama,
chuva cansada.

Retrato falado

Não te conheço e por isso
você circula em antecanto.

E tem um estribilho que brilha
na saudade inversa do meu encanto:

você, imagem tesa, vulcão em ponta
de faca, sinapse entre a pausa

e o fim da palavra.

Monastério

A lucidez descola
certezas:

muitas vezes não sei

se preciso da poesia
ou se acredito nela.

Sabiá para Sappho

I

Mergulha a cabeça e sobe,
engole, dá cinco passos rápidos
e pausa, a pose nobre.

II

Mestre de cerimônias
do mundo, abre e fecha
seus dois turnos.
Só canta quando
o dia cala, só cala
quando o dia retoma
(ou quando está na muda).
Mas não canta
a noite toda, o canto
ressoa na sala
como a companhia
de alguém que dorme.

III

Não canta quando caça,
canta quando cansa
ao fim da tarde
no telhado da casa.
Mas quando acasala
canta sem parar,
não descansa
enquanto não casa.
Quando enfim o canto
cessa, ele dorme com ela
à luz das bordas
da minha janela acesa.

Cão

Pode ser qualquer raça,
até raça misturada,

é fácil saber se ficará grande
pelo tamanho da pata.

Por não possuir o que sente
mesmo nítido no olfato,

late: o poema
como manifestação exagerada

apesar de não querer
nada com nada.

Cavalo

Para meu avô Sylvio [in memoriam]

I

Montá-lo a pelo, sem vírgulas,
segurar pela crina e apertar o joelho.

Montá-lo selado, com espora,
trilho sobre o bonde, muito embora

difícil mesmo é montar um inteiro.
Se quebrar uma perna, melhor matá-lo.

II

Evoluiu de espécie atarracada,
por pouco não foi coelho;

mora em livros-manadas
ou aglomerados de cocheiras,

se espiá-lo à noite verá
um vulto no estábulo,

verá um vulto em pé
contra a lua no gramado?

III

Do trato bruto e voz grossa,
medido a palmos, a tapas,

veste roupas mofadas, couro velho,
sabão de côco e muita água;

mas é capaz de sentir o medo
da pessoa pouco acostumada,

é capaz de sentir o cheiro
de açúcar numa mão fechada.

Paisagem com gato e lebre

A noite contida nas árvores
como um cego dormindo,

a praça contida na manga
(madura) e seus mosquitos.

Desde cedo a saudade
subindo nas crianças.

Amigo: se pensas dia ou noite,
pode ser brisa, apenas—

isso tudo a lembrança
de outros dilemas.

Paisagem de um poleiro

Eu vivia entre homens
e bichos, no mato baixo,
entre um e outro nicho,
currais e beiras de estrada.

Visitava lavadeiras
no ipê, para observá-las,
namorava aquela moça
pendurada na mangueira.

Acostumado a cantar
nas entre-horas e nas horas
vagas, as horas vagando
agora me jogam pragas.

Alpiste, giló e água
na parede da lavanderia,
agora é só uma lavadeira,
a empregada Maria;

ela até canta bonito
as músicas da novela,
na TV que esquece acesa
como lua interna.

Agora canto pouco
essas quadras-meninas,
um canto sem fogo, cantarolando
atrás de cortinas.

Minha vista dá pros fundos
onde tem a jaqueira,
desejo já podre no pé
em jacas inteiras;

isso quando não penduro
no prego da esquerda,
cuja vista é a do cão,
que só escuta e fareja.

Eu gosto da casa cheia,
de café da manhã e ceia,
quando meu canto não parece
enviado da areia,

ou de repartição
na sala pouco acesa,
batendo uma lauda
sobre o dia sobre nada.

Meus companheiros, coitados,
se assustam com tudo,
até as maritacas
que moram no telhado.

Passarinhos enjaulados
levam a vida muito a sério —
menos o do coveiro Anastácio,
que canta pro cemitério.

Escorço do que é redondo

Dizem que é do carrapato
essa doença: quem manda
deitar no chão da floresta.
Plantas, flores subindo,

capim no sol uma cama—
hoje o confinado sonho
dessa pena sem pétalas,
madeira de dar em doido.

Poeta não faz nada brotar,
desenterra sua reza
como o louco da praça
planta seus pães.

Renascimento

Na estação de chuva
ela colhe suas próximas frutas,
monumento da disciplina
em pé, a vida numa fila.

Floresta é uma grande
procissão de árvores,
romeiras mudas de madeira
que são a própria igreja

então se partem: em flor, fruta.
Passado o tumulto, viram
jornal de ontem na mesa,
noticiando brisa.

Peaches

Você circula com dificuldade
pela casa, pela cozinha, lá fora.
Os ossos doem e seu passo torto
hesita na luz que já não entende
seus olhos; deita, levanta, apura
ouvidos que nada escutam.

À morte você não deve nada
mas ela está na sala, sentada.
Não é nenhuma sombra escura,
não tem capuz nem capa, é apenas
uma tenra figura abstrata; sua pele
tem textura de vento quando cessa.

Esquilos e cambaxirras

Ela ficou no caminho do mato
onde andávamos, alguns metros
fora da trilha, perto de onde
ela desviava investigando bichinhos.

O primeiro poema que escrevi
e que hoje ressoa vago, foi escrito
assim que descemos daquele mato;
ela com o corpo espalhado no frio

do gramado, guardando saltos
em cada passo, enquanto eu, aflito,
traduzia tatus em orquídeas, a canela
ardendo dos arranha gatos.

PÓS-APRESENTAÇÃO

Vivi boa parte da minha infância em Nova Jersey e na escola era conhecido como "o brasileiro". Aos treze anos de idade voltei com a família para o Rio de Janeiro e passei a ser considerado um semi-gringo. Esse primeiro livro é um acerto de contas com essa momentânea falta de raiz. No mais, é o desejo de escrever poemas.

Me formei em Economia pela PUC-Rio, dirigi o Museu Antônio Parreiras em Niterói e agora moro em Manhattan, cursando mestrado em poesia pela New York University. Gosto do Fluminense, da flora e fauna carioca — especialmente coisas da vegetação secundária — da pintura brasileira do século XIX e início do século XX e de meus cachorros. Também sou compositor. Nasci no dia 4 de março de 1986, no Rio.

AGRADECIMENTOS ESPECIAIS

Armando Freitas Filho

Danuta Haczynska da Nóbrega

Eucanaã Ferraz

Jose Luiz Osorio de Almeida, em querida memória

Laura Liuzzi

Luiz Orenstein, desde *Poema primeiro*

Meus colegas e professores da NYU

Paulo Henriques Britto

Sebastião Lacerda

editora responsável
VIVI NABUCO
editoria executiva
SEBASTIÃO LACERDA
assessor especial
FERNANDO PEDREIRA
assessoria jurídica
MANOEL NABUCO
design gráfico
RAUL LOUREIRO/ CLAUDIA WARRAK
revisão
CLARISSE CINTRA
produção editorial e gráfica
MARCELLO BRAGA MACHADO
LIANA PÉROLA SCHIPPER
MARIANA FERREIRA DA SILVA

CIP-Brasil. Catalogação-na-fonte
Sindicato Nacional dos Editores de Livros, RJ
F87e

Fraga Neto, Sylvio, 1986-
Entre árvores / Sylvio Fraga Neto. — Rio de Janeiro:
Bem-Te-Vi, 2011. 64 p. (Canto do Bem-Te-Vi)

ISBN 978-85-88747-39-5

1. Poesia brasileira. I. Título. II. Série.

11-2113. CDD: 869.91
CDU: 821.134.3(81)-1

14.04.11 18.04.11 025801

BEM-TE-VI
PRODUÇÕES LITERÁRIAS
ESTRADA DA GÁVEA 712/402
SÃO CONRADO
RIO DE JANEIRO–RJ
CEP 22610-002
WWW.EDITORABEMTEVI.COM.BR
EMAIL: BEM-TE-VI@BEM-TE-VI.NET